M

LA CASITA

TEXTO E ILUSTRACIONES
DE
VIRGINIA LEE BURTON

Versión en español de la obra *The little house*, escrita e ilustrada por:
Virginia Lee Demetrios.

© 1942 por Virginia Lee Demetrios
© 1969 por George Demetrios

ISBN 0-395-18156-9
ISBN 0-395-25938-X

Traducción al español de:
María Elena Herrera.

Esta edición en español es la única autorizada.

© 1988 por Sistemas Técnicos de Edición, S. A. de C.V.
San Marcos 102, Tlalpan, 14000, México, D. F.

Miembro de la Cámara de la Industria Editorial, registro núm. 1312.

Impreso en México. *Printed in Mexico.*

ISBN 970-629-050-8
ISBN 970-629-051-6

Primera edición: 1994
Primera reimpresión: 1996

BCDEFGHIJKL-M-99876

Se terminó de imprimir en marzo de 1996
en los talleres de La Impresora Azteca, S. A. de C. V.
Poniente 140 núm. 681-1, Col. Industrial Vallejo, C. P. 02300, México, D. F.
El tiraje fue de 1 000 ejemplares.

a
Dorgie

Había una vez una
casita en el campo. Era
una casita muy bonita,
sólida y bien construida.
Al terminarla, el hombre que
la construyó dijo: "Esta casita
nunca será vendida por oro ni por
plata, y durará hasta ver a los tataranietos
de nuestros tataranietos
viviendo en ella".

1

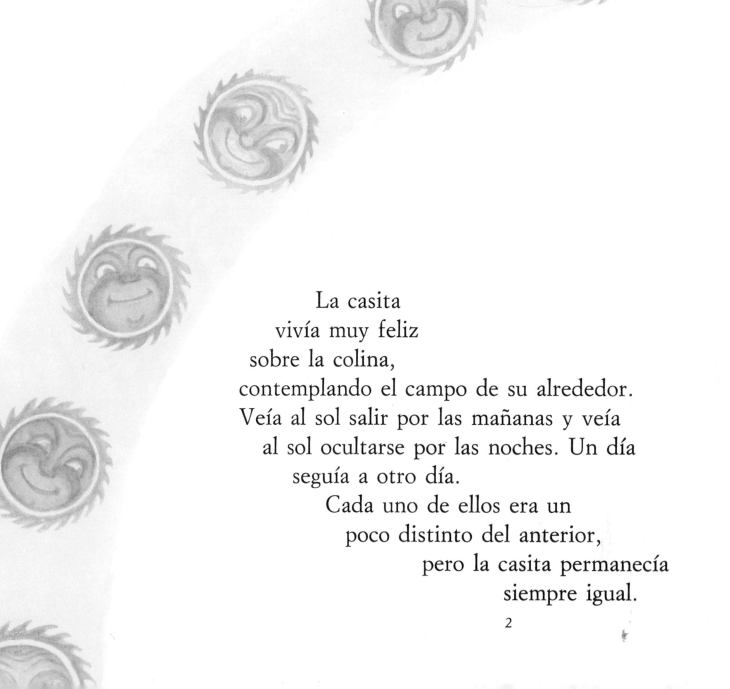

La casita
vivía muy feliz
sobre la colina,
contemplando el campo de su alrededor.
Veía al sol salir por las mañanas y veía
al sol ocultarse por las noches. Un día
seguía a otro día.
Cada uno de ellos era un
poco distinto del anterior,
pero la casita permanecía
siempre igual.

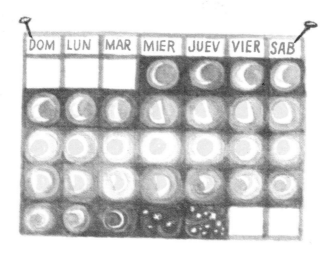

Por las noches,
veía a la luna convertirse de
una delgada luna nueva en una luna llena,
y después nuevamente en una delgada
luna vieja; y cuando no había
luna, contemplaba las
estrellas.
Allá, muy a lo lejos,
podía ver las luces de la ciudad.
La casita sentía curiosidad por conocer la ciudad
y se preguntaba si le gustaría vivir en ella.

El tiempo transcurría
de prisa para la casita,
mientras miraba al campo cambiar
lentamente con las estaciones del año.
 En primavera,
  cuando los días eran más
    largos y el sol más
      cálido, esperaba al primer
        petirrojo que regresaba del sur.
          Veía reverdecer el pasto, miraba
            los brotes de los árboles hincharse y a
              los manzanos florecer. Veía también
                a los niños cuando jugaban
                  en el arroyo.

6

Durante los largos días
de verano, permanecía
bajo el sol mirando
a los árboles cubrirse de hojas
y a las margaritas cubrir la colina.
Veía a los jardines crecer y a las
manzanas madurar y tomar su color rojo.
Veía a los niños nadar en el estanque.

8

En el otoño,
cuando los días se volvían
más cortos y las noches
más frías, observaba cómo
la primera escarcha daba a las
hojas un brillante color
amarillo, anaranjado o rojo.
Presenciaba la recolección de las
cosechas y de
las manzanas,
y veía a los niños
volver a la escuela.

En invierno,
de noches largas y días cortos, cuando el campo
estaba cubierto de nieve, veía a los niños
patinar y deslizarse en
sus trineos.
Un año seguía a otro año. . .
Los manzanos envejecieron
y se plantaron manzanos nuevos.
Los niños crecieron y se
fueron a la ciudad. . . y ahora,
por las noches, las
luces de la ciudad
parecían más brillantes y cercanas.

12

Un día,
la casita se
sorprendió al ver por
el sinuoso camino campestre un
carruaje sin caballos. . .
Muy pronto aparecieron más por el
camino y cada vez eran menos los carruajes
tirados por caballos.
Muy pronto llegaron algunas personas que inspeccionaron
una línea frente a la casita.
Y luego llegó una pala mecánica que excavó un camino
a través de la colina cubierta de margaritas.
Después llegaron algunos camiones que descargaron grandes
piedras sobre el camino, luego más
camiones con alquitrán y arena y,
por último, llegó una aplanadora
de vapor que aplanó todo
hasta dejarlo liso, y así
la carretera quedó lista.

14

Ahora la casita veía
camiones y automóviles pasar frente
a ella, de un lado a otro, con rumbo a la ciudad.
Gasolineras. . .
    puestos. . .
        y casas pequeñas
            aparecían al lado de la
            nueva carretera.
            Ahora, todo y todos se
                movían mucho más de prisa que antes.

16

Se construyeron más carreteras
y el campo fue dividido en lotes.
Por todo el campo y alrededor de la
casita se amontonaron más casas, casas más
grandes. . . edificios de departamentos. . .
departamentos en
renta. . . escuelas. . . tiendas. . .
y cocheras.
Ya nadie quería vivir en la
casita ni cuidarla.
No pudo ser vendida por oro ni por plata,
de modo que se quedó ahí y observó.

Ahora las noches ya no eran tan silenciosas
y tranquilas. Las luces de la ciudad eran brillantes
y ya estaban muy cerca.
Resplandecían toda la noche.
"Creo que esto es vivir en la ciudad",
pensó la casita, pero no supo si le gustaba o no.
Extrañaba los campos cubiertos
de margaritas y los manzanos cuando bailaban
a la luz de la luna.

20

Muy pronto,
los tranvías eléctricos
empezaron a pasar, de
un lado a otro, frente a la casita.
Iban y venían todo el día
y parte de la noche.
Todo el mundo parecía estar muy
ocupado. Todos parecían estar de prisa

22

En poco tiempo, un tren elevado comenzó
a pasar, de un lado a otro, por encima de la casita.
El aire estaba lleno de polvo y humo
y el ruido era tan fuerte
que la sacudía toda.

Ahora ya no podía saber cuándo llegaba la
primavera o el verano o el otoño
o el invierno.

Todo se veía casi igual.

24

Muy pronto,
el metro comenzó
a viajar de un lado a
otro por debajo de la casita.
No podía verlo,
pero sí podía sentirlo y oírlo.
La gente se movía cada vez más rápido.
Ya nadie prestaba atención a la casita.
Pasaban de prisa frente a ella
sin mirarla siquiera.

26

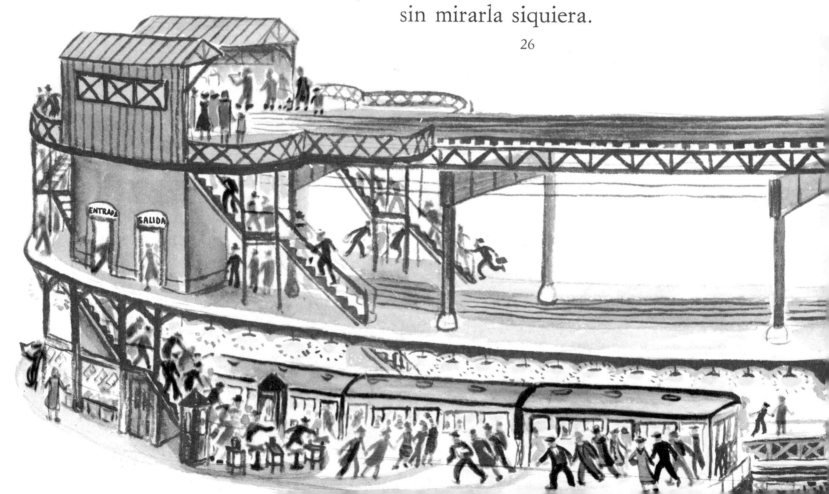

Poco tiempo después,
demolieron los edificios de departamentos
y los departamentos en renta
que estaban alrededor de la casita y empezaron
a excavar grandes sótanos. . . uno a cada lado de ella.
Las palas mecánicas excavaron tres niveles de un
lado, y cuatro del otro.
Y entonces empezaron a constuir. . .
De un lado construyeron un edificio de
veinticinco pisos, del otro, uno de treinta y cinco.

28

Ahora la casita sólo podía ver el sol a mediodía
y en la noche ya no podía ver la luna ni las
estrellas porque las luces de la ciudad eran
demasiado brillantes.
No le gustaba vivir en la ciudad.
Por las noches soñaba con el campo
y con las colinas cubiertas de margaritas
y con los manzanos bailando
a la luz de la luna.

30

La casita estaba
muy triste y se sentía muy sola.
Su pintura estaba cuarteada y sucia. . .
Los vidrios de sus ventanas estaban rotos y sus postigos, desvencijados.
Se veía muy mal. . . a pesar de que por dentro seguía siendo
tan buena casa como antes.

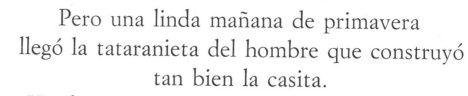

Pero una linda mañana de primavera
llegó la tataranieta del hombre que construyó
tan bien la casita.
Vió la casita en ruinas, pero no se apresuró
a seguirse de frente.
Hubo algo en la casita que la hizo detenerse
y mirarla de nuevo.
"Esta casita es igual a la casita en la que vivió
mi abuelita cuando era niña, sólo que esa casita
estaba muy lejos de aquí, en el campo,
sobre una colina cubierta de margaritas
y rodeada de manzanos", dijo a su esposo.

32

Descubrieron que se trataba de la misma casa
y decidieron visitar a unos transportistas
para ver si podían transportar la casita.
Los transportistas miraron la casita por todas
partes y dijeron: "Por supuesto; esta casa
está muy bien. Su construcción es tan fuerte
que la podemos transportar a cualquier sitio".
De modo que alzaron la casita con un gato
mecánico y la colocaron sobre ruedas.
El tráfico fue interrumpido por horas
mientras transportaban
lentamente la casita
lejos de la ciudad.

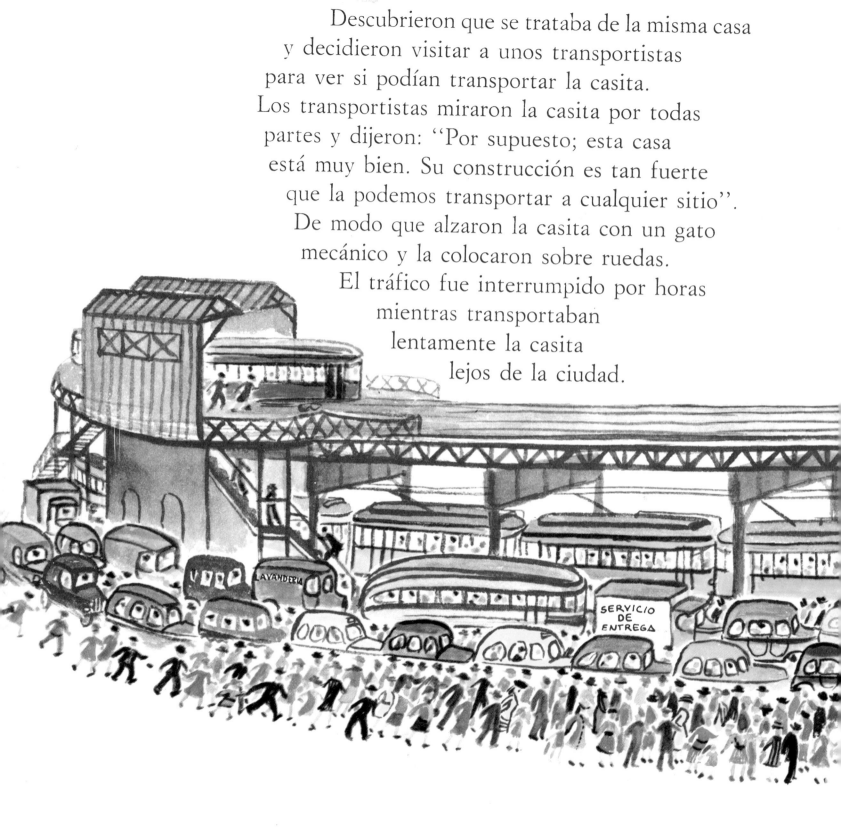

Al principio
la casita sintió
miedo, pero
después se acostumbró y
hasta le gustó.
Circularon por la carretera grande
y después por carreteras más pequeñas,
hasta que llegaron a un sitio muy lejano en el campo.
Al ver el pasto tan verde y al escuchar a los
pájaros cantar, la casita dejó de estar triste.
Siguieron circulando porque no podían encontrar
el lugar adecuado.
Intentaron colocarla por aquí
y luego por allá.
Finalmente, vieron una pequeña
colina en medio del campo. . .
con manzanos por todas partes.
"¡Ahí!", exclamó la tataranieta,
"ése es el mejor lugar."
"Sí que lo es", pensó la casita.
En la cima de la colina excavaron
un sótano y lentamente transportaron la casita
de la carretera a la colina.

Repararon sus ventanas y sus postigos
y otra vez la pintaron de ese lindo
tono de rosa.
  Mientras se acomodaba sobre sus
    nuevos cimientos,
      la casita sonrió feliz.
        Otra vez podría mirar el sol
          y la luna y las estrellas.
            Otra vez podría ver a la
              primavera, el verano,
                el otoño y el invierno
                  ir y venir ante sus ojos.

38

Otra vez
    la habitaron
        y la cuidaron.

Nunca más sentiría curiosidad por la ciudad. . .
Nunca más desearía vivir en ella. . .
Las estrellas titilaban sobre la casita. . .
Ya estaba próxima la luna nueva. . .
Era primavera. . .
todo estaba tranquilo y en paz en el campo.